Donato Ndongo

Donato Ndongo

Olvidos

poemas

sequitur

sequitur [sic: *sékwitur*]:
Tercera persona del presente indicativo del verbo latino *sequor*:
procede, prosigue, resulta, sigue.
Inferencia que se deduce de las premisas:
secuencia conforme, movimiento acorde, dinámica en cauce.

ISBN: 978-84-129818-7-2
Depósito legal: M-39-2026

SUMARIO

Presentación   7

Prólogo   11

OLVIDOS   21

Proemio   23

Cuando un día, hablando con Donato, el amigo, me confesó que tenía unos poemas guardados en un cajón, empezó esta aventura que hoy finaliza. Al descubrimiento de que el poeta que nunca quiso serlo, atesoraba sus versos llenos de polvo y de pudor, se le unió una lectura, la mía, expectante y ansiosa. ¿Qué iba a encontrar? ¿Cómo sería la poesía de Donato Ndongo, el intelectual luchador, el novelista del compromiso, el ensayista sin pausa en su verdad?

En su Proemio, afirma que muchas personas lo han incitado a publicarlos. No lo quiero contradecir, pero largos años de intercambio intelectual, primero, y de amistad, después, me avalan en la teoría de que, al menos, en el mundo editorial y académico, se desconocían estos versos reunidos bajo un título doblemente evocador, *Olvidos*. Si bien es cierto que en la Antología de la que Ndongo es responsable junto con Mbare Ngom (*Literatura de Guinea Ecuatorial*, 2000), aparecen siete poemas que se refieren como "Del libro *Olvidos*. Inédito", los mismos que se recogen en la *Nueva antología de la literatura de*

Guinea Ecuatorial (2012) editada por Mbare Ngom y Glorial Nistal, la dificultad de su acceso y el silencio del escritor sobre el poemario lo hacían más una promesa que una realidad ya construida.

El poemario está dividido en dos partes: "Aurora" y "Despertar". En ambas, encontramos una voz que duda, que oscila entre un pasado revivido y un futuro no visible desde el presente. Esta mirada atrás parece ser consagrada al amor; así se afirma en la dedicatoria a su hija: "Para Lía, solo ella, estos cantos de amor". Sin embargo esa "amada mía" que se alterna con "amiga mía", parece evocar, a veces, el amor de una mujer, y otras, el amor por una idea, por una esperanza rota, ¿por la patria? En cualquier caso, esa presencia feminizada abarca, desde la nostalgia, la reflexión del poeta. Siendo el amanecer - no olvidemos los títulos de las dos partes- el momento del inicio del día, de la vida que renace, la voz del poeta, sin embargo, no parece abrir el horizonte. Quizás porque, como él afirma, "no se es poeta por voluntad divina, sino por voluntad humana", y en su voluntad la metáfora del amor va más allá del amor romántico.

Donato Ndongo confesa que sus versos no son más que "excrecencias del espíritu plasmadas desde joven […] de méritos más que inciertos". Sin embargo, sus inicios creativos, que no sus ensayos y artículos, se vieron rodeados también de poesía. En Madrid, a mediados de los setenta, participó en tertulias literarias en las que se reunían escritores como Claudio Rodríguez, Jaime Siles, Paco de Lucía, Alfonso Grosso, Ian Gibson, Mara Aparicio, Luis Antonio de Villena, Antonio Domínguez Rey, Javier Villán, Ramón Pedrós… Más adelante, en los principios de los años ochenta, participó en otra, en el café La Hemeroteca, junto a Enrique Páez -es él quien lo recuerda-, Andrés Sorel, Julio Ollero, Antonio Ferres, Germán Sánchez Espeso, Isabel Ramos, Félix Grande, y un largo etcétera de escritores que disfrutaban del fin de la dictadura española.

La primera vez que un poema de Donato Ndongo vio la luz fue en la *Antología de la literatura guineana* (1984) que él reunió y prologó, abriendo una ventana a una literatura desconocida en nuestro ámbito y dándole una presencia que ya no podría ser negada ni ignorada. De ahí que Donato Ndongo sea considerado por muchos como el "fundador" de la literatura ecuatoguineana. En ella "se colaron -como él dice en la Antología- dos poemas de juventud y dos poemas rabiosos". Uno de ellos, "Cántico" (p. X) fue y sigue siendo el poema más citado cuando de poesía comprometida de Guinea se habla; hasta tal punto esto es así que muchos han llegado a creer y a afirmar que se trataba de un poemario y no de un poema. Aquí lo encontramos, junto a los otros tres.

Pero hubo otra publicación de la poesía de Ndongo. Se trata del libro *Imagine. Strawberry Fields* (2000) que Yoko Ono publicó en honor a su marido, John Lennon, simultáneamente en París y Nueva York. Libro raro, de muy difícil acceso y de un proceso de elaboración que duró 13 años; en él están antologados escritores de todos los lugares del mundo, como Chicaya U Tam'si, Amadou Hampâté Bâ, Augusto Monterroso, Édouard Maunick, Gabriel García Márquez, André Brink, Juan Goytisolo, Bernard Dadié, Wole Soyinka, Norman Mailer, Olympe Bhêly-Quenum, Carlos Fuentes, por sólo citar algunos. En representación única de Guinea Ecuatorial, aparecen cinco poemas de Donato Ndongo, traducidos al francés. Tres formaban parte del manuscrito de *Olvidos*, los otros dos se habían perdido, en su salida apresurada de Guinea Ecuatorial, y han tenido que ser traducidos, con el visto bueno de su autor. Quedan otros, recuerda Ndongo, publicados en una revista portuguesa que, junto con sus esperanzas y su dolor, se quedó para siempre en Guinea.

Me preguntaba al principio de mi lectura qué iba a encontrar en estos versos, si iba o no a seguir la pista del intelectual, del escritor tan leído, escuchado y compartido. Ha sido éste un trabajo emocionante como lo es descubrir una perspectiva diferente de la misma imagen. ¿Basta rimar, como él dice, amor con dolor, para ser poeta? Seguramente, no. Pero, en cualquier caso, el poemario rezuma amor: amor hacia una mujer (¿o algo más?), pasión, fuegos y rescoldos de lo que fue y nunca volverá a ser. Y aquí es donde, a veces, el lector descubre el grito de la amargura y la rabia incontenida que caracteriza no la búsqueda, sino la consciencia de este escritor. Bienvenido sea al mundo del Parnaso.

Inmaculada Díaz Narbona
Cádiz, agosto 2016

Disfruto de la amistad de Donato Ndongo desde su primera visita a Agüimes, el municipio grancanario en que resido y en el que dirigía yo entonces el Festival del Sur -Encuentro Teatral Tres Continentes- que muy pronto celebrará su XXX edición y que reúne a compañías teatrales y a personalidades de la cultura de África, América y Europa, los tres continentes vinculados, por lazos de distinta índole, al archipiélago canario.

Corría el año 2001. Apenas hacía un par de días de la llegada de Donato cuando nos vimos convocados en un pequeño cuarto en el que no había asiento para todos -situado en la Residencia escolar de Arinaga, donde convivían los invitados al festival-, ante una televisión de pequeño formato, para asistir en directo a un acontecimiento que, a la postre, iba a transformar profundamente, y no para mejor, el ya nada halagüeño panorama de las relaciones políticas internacionales. Era el día 11 de septiembre de ese año de 2001 y alguien nos alertó a gritos por los pasillos de la residencia que un avión acababa de estrellarse contra una de las Torres Gemelas del World Trade Center de Nueva York. Recuerdo que entre los que asistíamos sobrecogidos al reportaje televisivo en directo estaban, además de Donato, el artista camerunés Boniface Ofogo, el politólogo congoleño Mbuyi Kabunda, el gran hombre de teatro José Monleón, los actores Juan Margallo y Petra Martínez, entre otros. La aparición del segundo avión confirmó la tesis del atentado y la caída de las torres la enormidad de la catástrofe. Todas las voces que se alzaron en el reducido espacio en que nos encontrábamos auguraban un futuro aún más oscuro, clamaban contra la injusticia que hace desbordar la capacidad de paciencia de los pueblos, señalaban la inevitabilidad del odio nacido de la opresión reiterada que padecen los países más débiles del planeta.

Entre los presentes, una persona se mantenía en situación reflexiva en medio del alboroto general. Una hora más tarde debía sentarse ante el auditorio del simposio al que había venido a participar, un público al que se sumarían todos los que compartían la habitación en la que nos encontrábamos. Y sabía que lo que acababa de presenciar exigía un cambio urgente de guión. Esa persona era Donato Ndongo.

La serenidad con que afrontó el reto de enfrentarse a un público conmocionado, alterado y en ocasiones dividido tuvo un efecto balsámico sobre la pequeña comunidad multicultural ahí reunida. Los ánimos se fueron calmando y la intervención lúcida y sosegada de Donato llevó de la exaltación a la reflexión. Nada justificaba la barbarie, pero no había que obviar el origen profundo de esa barbarie. Más que nunca, el papel crítico del escritor -de la cultura- se convertía en una exigencia perentoria. Se avecinaban momentos terribles, y la sociedad debía prepararse para protegerse de los profetas apocalípticos de las guerras inminentes, de las respuestas inevitables de los EE. UU. y sus aliados. Un debate impulsado por la lúcida intervención de Donato fue situando las cosas en su sitio, devolviendo la cordura a las ideas.

Conocí a Donato en esas fechas pero su obra ya me era familiar, como también lo eran sus posicionamientos políticos frente a la dictadura de Obiang Nguema y sus esfuerzos militantes en favor del advenimiento de la democracia en su país. Su intervención en Agüimes no hizo pues sino confirmar la idea que me tenía hecha de él -la de un autor comprometido, defensor y luchador por los derechos humanos, un militante condenado al exilio- idea que se vio reforzada con la de un intelectual lúcido, honesto, sereno y conocedor del mundo en que vivimos.

La lectura de *Las tinieblas de tu memoria negra* me produjo una honda impresión. Andaba yo enfrascado en esos años en el descubrimiento de novela africana, a la que dedicaba por aquel entonces prácticamente en exclusiva todas mis horas de lectura, y el texto de Donato se me aparecía como una pieza indispensable que encajaba en el maravilloso mosaico de los mejores textos del continente. Se trata de una novela indispensable y absolutamente coherente con la literatura que en esos años dirigía una mirada crítica a la era colonial desde la búsqueda de los procesos identitarios de la cultura africana. Esa mirada, sin embargo es tardía en el contexto ecuatoguineano, ya que la escritura anticolonial, contrariamente a la de la mayoría de los países africanos y a la lucha emprendida en ese sentido desde los años treinta del siglo XX por el movimiento de la Negritud, esperó al desprendimiento del yugo extranjero para nacer. En efecto, la crítica al régimen colonial no aparece en la literatura guineana -de escasa producción, por otra parte- durante la presencia española, siendo los títulos más destacados, por el contrario, panegíricos de aquella escritos por autores locales y encuadrados en la llamada literatura de consentimiento.

La llegada del dictador Macías al poder obliga a un exilio masivo de la población guineana: aproximadamente un tercio de esta sale de su país hasta mediados de los setenta, en un fenómeno que confirma el desprendimiento de parte de la población africana de su tierra. Los primeros relatos de Donato Ndongo, "La travesía" y "El sueño", se centran en esa enajenación de la tierra y de la identidad, en la época de la trata de esclavos y en la del exilio político respectivamente. Tras esos primeros relatos, nos llega *Las tinieblas de tu memoria negra* que representa, desde mi punto de vista, la mirada literaria más importante sobre la era de la colonización española en Guinea.

Tendríamos que esperar diez años para volver a leer a Donato Ndongo, que publica en 1997 *Los poderes de la tempestad*, otra excelente novela que, una vez más, se une a la corriente de muchos escritores africanos que han dejado atrás la crítica del sistema colonial para adentrarse en el universo de las dictaduras atroces que sufren sus países (la crítica feroz del marfileño Amadou Kourouma al dictador togolés Eyadema se publica con el título de *En attendant le vote des bêtes sauvages* al año siguiente, en 1998, y unos años antes, en 1994, había sido editada *L'histoire du fou*, del camerunés Mongo Beti). La mirada de Ndongo se dirige ahora hacia el interior de su país, donde una dictadura sanguinaria y cleptocrática absorbe todos los recursos en su propio beneficio, negándole al pueblo hasta las migajas. De ello es testigo el protagonista, ecuatoguineano que regresa a su tierra con su esposa blanca para encontrarse con un paisaje político y social aterrador, desolador, invivible.

Pasan otros diez años y Donato Ndongo presenta -una vez más atento a la realidad del momento- *El metro*, una historia sobre la inmigración clandestina que nos muestra el rostro humano de este gran drama de nuestros tiempos y plantea las preguntas correctas para entender el fenómeno en su globalidad.

Debemos destacar que, entre novela y novela, Donato Ndongo no abandona la escritura. Por el contrario, se dedica en cuerpo y alma a la redacción de textos que han resultado ser fundamentales para el conocimiento de la literatura de su país, algunos de ellos escritos en solitario, otros en excelente compañía, como *Historia y tragedia de Guinea Ecuatorial, Antología de la literatura guineana, España en Guinea: construcción del desencuentro, 1778-1968* y *Literatura de Guinea Ecuatorial* (antología).

Pero mientras esperamos una nueva novela del gran escritor ecuatoguineano -si no nos salen mal las cuentas, esta debe de estar al caer (1987, 1997, 2007… ¿2017?) nos llega por sorpresa un regalo inesperado para hacer más llevadera la larga espera: este libro de poemas, *Olvidos*, que nos desvela una faceta nueva del novelista -o al menos a la que nos tenía poco acostumbrados-, la del poeta.

El propio Donato parece no asumir del todo esa condición, abriendo su proemio *"para decir que no soy poeta"*. Pero basta la lectura de los primeros textos de este poemario para disentir en eso de inmediato, a pesar del convincente argumentario con que aclara su afirmación sobre quién es y quién no es poeta.

15

Argumentario sólido que compartimos en lo que a otros se refiere, pero que, tras leer sus versos nos sirve para dar la razón a quienes le insistieron en que había que rescatar sus versos del *olvido*.

Son 51 los Olvidos que Donato Ndongo nos entrega en este libro. 51 poemas en su mayoría breves en extensión, pero siempre intensos en emociones, como dice él en su proemio, "sollozos, desgarros del alma". Pero también es poesía rica en ecos que proceden del universo multicultural de su autor, un universo que nace en África, que está profundamente enraizado en su continente, pero que se nutre igualmente de viajes literarios con los que recorre el mundo y que enriquecen sus sólidas convicciones humanísticas:

> Te llamé en todas las lenguas
> muertas, vivas: en arameo y en latín,
> wolof, fang y en mandarín
> en bisió y en tambor ambó,
> tañendo en bubi y en quechua,
> con la pluma de Machado y Keats,
> en los versos de Baudelaire y Juan Ramón,
> con los sones de Tchikaya y Lamartine,
> y la solemne entonación de Soyinka.

Sí, el amor está muy presente en estos poemas, y toma formas diversas, nos introduce en territorios en los que ora domina la ternura, ora el dolor, y siempre la pasión:

> Me dejaste tu perfume
> y te perdiste en la niebla

envuelta en tu cuerpo
cual dama enroscada por la seda.
Y al evocar tus gemidos
me hierve la sangre de pasión.

También la duda, los interrogantes, los amores jamás resueltos, suspendidos en el tiempo, enredados en sus versos los suspiros por momentos intensos pero inacabados:

Porque el tiempo no nos dejó ser
se fundieron el Ser y la Nada.
[…]
¿Se detuvo el tiempo, nuestro tiempo?
-O…?

Pero no es el amor ni mucho menos el destinatario exclusivo de todas las preguntas que vuelca en ellos Donato. Sus desvelos existenciales -a menudo nacidos de la angustia- recorren también otros territorios: el del mundo que le rodea…

¿Dejará de llover
en esta tierra angustiada,
ahíta de relámpagos, truenos,
potestades y dominaciones?

…y el de su mundo interior, profundamente marcado por la lejanía de su patria, el país que solo puede llevar dentro de sí, el que lo habita día y noche pero es a la vez inalcanzable, porque las manos voraces y asesinas que lo gobiernan cierran el paso a la inteligencia y a la libertad:

El tedio que me consume es eterno
desde la distancia de cada día.
Días amargos aquí y siempre,
en la penumbra perpetua,
hasta más allá de la plenitud,
imágenes vivas muertas en la agonía,
oscuras luces buscando, sin hallar,
la era que colmara las ansias del nuevo ritmo.

También encuentra el poeta el momento de hablarnos de lo que son para él los versos que escribe. Estos vuelven a teñirse del dolor, de la rabia y de la impotencia del que se ve desposeído de lo que más quiere, de lo que le pertenece, del derecho a regresar a casa, respirar el aire de su infancia, sumergirse en los años que forjaron todo lo que hoy es:

Poesía es sentimiento
atenazando la garganta
intentado expresarlo sin palabras.
Teñidas imágenes envueltas
de impaciencia, nostalgia
de cuanto pudo ser no fue.

Pero igualmente y ante todo, ser poeta es para Donato Ndongo entregarse al mismo compromiso que lo llevó a escribir las novelas de las que ya hemos hablado. Su grito se sigue elevando firme contra la tiranía; le han arrebatado la tierra, mas no la voz. Paga el precio del exilio con la honestidad y la dignidad de quien no ha olvidado a quienes más sufren, a los que viven atados a la miseria a la que el tirano los condena:

Este poeta tiene su mano atada
a las cadenas que atan a su gente.
Este poeta no siente nostalgia
de glorias pasadas.
Yo no canto al sexo exultante
que huele a jardín de rosas.
Yo no adoro labios gruesos
que saben a mango fresco.
Yo pienso en la mujer encorvada
bajo su cesto cargado de leña
con un niño chupando la teta vacía.

En alguno de sus Olvidos, Ndongo nos desvela sus esperanzas y desesperanzas, nos abre las puertas de las contradicciones, las dudas en su anhelo de una Humanidad mejor. También en esto sus versos se entrechocan, desvelando una mente en continuo movimiento entre el deseo y la realidad, en lucha perpetua. La de un hombre que no se da tregua a sí mismo, la de un espíritu que no descansa:

A veces pienso que la luna
se ha oscurecido en el cielo
y su luz se desparrama sobre la Tierra
reflejando en haces sus límpidos rayos
sobre los corazones de los Hombres
(Pero no es verdad: La Luna sigue en su Cénit).

Un buen libro es siempre una caja llena de sorpresas, un cofre del tesoro, un universo apresado entre la tinta y el papel que solo puede liberar el lector. Y en este libro lo que se libera son los Olvidos del poeta Donato, una mirada-perforadora sobre la realidad, un torrente de emociones, de visiones y de pensamientos que nos obliga a releer una y otra vez cada verso, cada poema, para redescubrir en ellos, en cada ocasión, nuevos matices, hasta acercarnos al riquísimo universo que todos ellos encierran.

El más breve de los Olvidos de Donato cierra el poemario y, con su permiso, también este prólogo:

> *… y cae la tarde bruscamente.*

Antonio Lozano
Agüimes, Julio de 2016

OLVIDOS

En el futuro que comienza las mañanas
están ancladas como barcos en la ensenada.

Eugenio Montale

Para Lía, solo ella, estos cantos de amor.

PROEMIO

En mis recuerdos de los años mozos, un proemio abría siempre un poemario. Aquí va el mío: para decir que no soy poeta. Lo confesé siempre, y así lo expresé en mi *Antología de la literatura guineana*, donde se colaron "dos poemas de juventud y dos poemas rabiosos". No es modestia. Todo escritor tiene alma de poeta, obligado a captar la vida con ojos sensibles. A mí me faltó oficio, dedicación; así, desde la legitimidad y la honestidad, me considero indigno de gozar del dulce arropo de las musas del Parnaso. Mi inveterada sumisión a la literatura como arte frena el autoengaño; y mi reverencial concepción de la ética como complemento indisociable de la estética se resiste a dar gato por liebre. Como prediqué en todo lugar y circunstancia, ni concibo el oficio de escribir como simple pasatiempo de gente ociosa, ni su producto puede relegarse a mero entretenimiento para los vientres bien nutridos consumidores de bienes culturales. Si, desde tal criterio, la obra literaria debe trascender su función lúdica para ser vehículo de relevante utilidad en la necesaria formación y transformación de nuestras mentes -como lo fue indudablemente en otras sociedades en diferentes épocas y lugares- inevitable que me haya consumido en la duda permanente sobre la calidad estética y funcional de mis versos. Alguien lo recordará: concité la inquina de más de un versificador patrio -se complacían exhibiendo impúdicos ante ojos ignaros sus autoimpuestos laureles de "intelectual"- por sostener que no basta rimar *amor* con *dolor* para proclamarse poeta. Considero la lírica algo más sólido y profundo que la endeble sensiblería. Al perseguir una ética literaria que ofrezca frutos maduros, en lugar de inseguros balbuceos de adolescentes pretenciosos, la duda se hace eterna: ¿tendrán interés estos trazos intimistas, pergeñados a vuelapluma, sin ambición ni elaboración alguna?

Excrecencias del espíritu plasmadas desde joven -como tantos millones de seres- de méritos más que inciertos. Tampoco considero extraordinarias ni la temprana afición de leer poesía, ni la sana curiosidad -y la suerte- que me facilitaron la estimulante compañía de poetas verdaderos y me condujeron a frecuentar tertulias -sin encasillarme nunca en ningún cenáculo- cuando éramos más inocentes y la vida un sueño que invitaba a soñar. Alguno de aquellos contertulios tempranos son hoy bardos celebrados y laureados. Citaré a dos. El resto, compañeros del alma, amigos entrañables, alguno afamado, permanecen en mi recuerdo y en mis afectos: Jaime Siles -juntos aprendimos a desentrañar a Rubén Darío, Jorge Guillén y Antonio Machado- y el malogrado Claudio Rodríguez, de cuya mano la poesía descendió de las musas siderales para ser, ante todo, vida. Al sumergirme en los clásicos -de San Juan de la Cruz a Pablo Neruda, y bastantes de todos los demás-, y en otros aún más próximos por historia y vivencias -Wole Soyinka, Jacques Rabemananjara, Bernard Dadié y Luandino Vieira; Nicolás Guillén, Aimé Césaire, LeRoi Jones o Richard Wrigth- aprendí a contener los entusiasmos, moderar las vanidades y fijar las prioridades. Metí en un cajón aquellas divagaciones, frutos sin sazón de un alma frondosa, salvo alguna publicada como experimento, en audaz desafío a la inseguridad. Y la mayoría se fueron perdiendo en esta existencia de peregrino, sin que su muerte me conmoviera: me ahorré algún sonrojo (imperceptible en mi piel, borboteante en la conciencia), liberando al mundo de otro vanidoso poetastro. Así pretendo culminar con renovada fidelidad mi escogida senda quevediana. ¿Cómo autoproclamarme poeta si apenas presté atención a la poesía? Creación constreñida: algún verso al año, al desbordarse el corazón, resulta equipaje demasiado ligero para sentarme entre los vates.

¿Por qué exhumar ahora estos *Olvidos*? No por vanagloria, tentación que superé. Considero la poesía sollozos, desgarros del alma. No necesariamente tristes: llanto es desahogo de estremecimientos intensos, rebose de venturas o amargores. Algunos nos esforzamos en contenerlos, impulso de instintos pudorosos que susurran guardarse para sí ciertos lapsos. Dice la voz: determinados actos humanos se realizan en la intimidad, sin alharacas, con tierna suavidad, al abrigo de la voracidad depredadora del conjunto, y deben preservarse en ella; no es egoísmo gozar del ensueño en soledad. Y dice la voz: alcanzados los objetivos prioritarios -que no los anhelos-, mejor mostrarse tal como fuimos; pudiera contribuir a comprender; mejor ahora que después…

En realidad, publicar *Olvidos* no fue decisión personal. Años de insistencia de personas muy queridas, de sólido criterio, lograron vencer las resistencias. Únicos responsables de que estos cantos recónditos -hubiese deseado *olvidarlos*- sean aventados. Pero aseguran que merecen ser compartidos. ¿Es así? En cualquier caso, es de agradecer tan generosa mirada.

Entregado el texto a los lectores, considero finalizada mi tarea. Ya no me pertenece. Son libres de juzgar. Nunca me preocuparon las especulaciones que pudieran provocar mis escritos. Escudriñar es labor de otros. La única pista que el autor puede ofrecer ante su obra es su vida. La mía, plena de afectos verdaderos, plena de ilusión, plena de desengaños y frustraciones, vividas las angustias sin resquicio para el rencor. Vida en plenitud, con tesón, con escasas pero firmes convicciones, transcurrida como vino, aprovechada en lo que se pudo, según se supo: en pos continua, sin desmayos, de la eterna quimera errante, de las verdades inmutables de nuestra condición humana, sordo a los cantos de sirena que invitaban a la iniquidad. Y cuando bordea lo absoluto la entrega a los amores imposibles, cuando se sublima la tristeza encarándola de frente hasta arrancar sonrisas diáfanas al espectro de Caronte, pierden importancia los objetos. Un ideal inalcanzado, un paisaje evocador, una melodía sugerente, un ser cercano o lejano: todos ellos sujetos afectivos que arrancan el verso en el instante. Innecesario titularlos, fecharlos, identificarlos. ¿No es temeraria banalidad pretender fijar con nombres ciclos vitales aherrojados, por fortuna fugaces, nunca añorados, expulsados raudos del espíritu con la misma incontenible furia de los rugientes huracanes tropicales? ¿Tienen acaso identidad los hijos no nacidos? No existe lo inexistente. ¿O...?

Donato Ndongo
Espinardo, Murcia, en los albores de 2016

I. La aurora

Tan cansado, elévate, sobre ti mismo, vencedor.
Paul Verlaine

....y cae la tarde lentamente

Cuántas veces pasé por aquí
sin escribir un solo poema.
Ahora, al iniciarlo, me siento mal
a la luz de las sombras que centellean
en el interior de esta vieja lámpara
que despide ruidos ahogados
por la vehemencia de una eternidad
cargada de espasmos inconexos.
Ven
me dijeron
y
fui
     a
            ti
mancillando la sublime promesa.

La existencia futura se forja,
lo sé,
sobre las ruinas de los siglos
igual que el polvo del tiempo se posa
en el fondo de los viejos recuerdos.

Los hijos de la ira aullarán
un día
convertidos en bosques incandescentes
cubiertos de herrumbre,
     azufre
     y cal
calcinados por la cólera de los idos,

venganza de tantos muertos inútiles.
Y
no,
no me será posible salir indemne
pues
cuántas veces pasé por aquí
sin escribir un solo poema.

Borracho de ternura
llamé a ti, amiga mía,
cuando los llantos
suspiran en mi recuerdo.

(Palabras en el tiempo).

Amor: ¿Convertiré
al sabio Salomón en mi negro
para recitarte el Cantar de los Cantares?
No, no me obligues. Ven. Solo ven.
Las palabras nada son
si tú no dices la única importante: sí.

Te llamé en todas las lenguas
muertas, vivas: en arameo y en latín,
wolof, fang y en mandarín
en bisió y en tambor ambó,
tañendo en bubi y en quechua,
con la pluma de Machado y Keats,
en los versos de Baudelaire y Juan Ramón,
con los sones de Tchikaya y Lamartine,
y la solemne entonación de Soyinka.

Silencio. Oteaba. Siempre el silencio.
Nada. Ecos lejanos de los sueños.

Siempre en silencio.

¿Dejará de llover
en esta tierra angustiada,
ahíta de relámpagos, truenos,
potestades y dominaciones?

¿Dejará de llover?

A veces pienso que la Luna
se ha oscurecido en el Cielo
y su luz se desparrama sobre la Tierra
reflejando en haces sus límpidos rayos
sobre los corazones de los Hombres.

(Pero no es verdad: la Luna sigue en su Cénit).

Pues las palabras son
      como las piedras
            bajo la crujiente
                  cascada de las olas

en esta tarde, solo ella…

Reflejos de pleamar,
en la soledad del cielo.

Caracol
perdido bajo la blanca espuma.

Barca,
nítida lejanía de la tarde,
lenta brisa.

Porosa plenitud de las arenas
rebelde mansedumbre del crepúsculo
inexorable revivir de los siglos.

La llamada de las olas
como calma inexplicable.

Y pasos
      imágenes
            pisadas
                  recuerdos.

Caballos en la arena,
nerviosos caballos galopando el infinito.

La luna oculta el sol
tras sus rayos tenues, tímidos reflejos
de la vida más allá de toda nitidez.
Brillo de esplendores marchitos
venturas controladas
en el cénit de la nada.
Claro
    o
   o
  o
o
oscuros
en que nos sumerge
su presencia desprovista de esencias:
rincón de un planeta parado,
cárcel del alma en tinieblas
donde caímos, amiga mía,
devorados por los espejismos
de una noche exultante
mientras invocábamos a un sol
oculto por la luz de la luna.

Destino ignoto de un río sin sombras.
Mustias vanaglorias
cercenadas ante el crepúsculo
condenación sublime desde el manantial
sombrías luciérnagas
revolotean el infinito hacia la nada.

Naturaleza insomne
agitada por la espera.

Promontorios exultantes
orgullosos de su estirpe.

                    Remanso.

Las aguas se vuelven tiempo
bajo el puente de la eternidad,
y nosotros, amiga mía, solos,
(en)callados sin remedio
en esta vorágine inmisericorde
ansiando la liberación
de nuestros cuerpos
sofocados por el frío estrépito.

Cuando se acerca la noche
y sueño los sueños posibles
quiero creer que llegará la madrugada
        (lejanía, tiempos sublimes
        perdidos en la espesura
        de las aguas claras
        desde la que vislumbro el abismo).

Cuando se acerca el alba
y sueño los sueños imposibles
quiero creer que llegará la noche
        (lejanía, espejos convexos
        refractarios al sol
        que ilumina los caminos
        desde los que vislumbro el abismo).

Y, ahora en tu lecho
        (despierto, soñando)

yaciendo junto a ti, contemplo impasible
el lento descender de la techumbre
contra nosotros
        (incapaz de moverte, incapaz de moverme)
irremisiblemente aplastados, condenados
a la muerte expiatoria que merecimos
        (por ser como éramos).

Como espejos del alma
reflejando la eternidad del ser
marcamos el ritmo del tiempo
de este tiempo misterioso
y sublime que vivimos
expuestos a ser contemplados,
                    amiga mía,
no como somos ni como fuimos
sino como ellos quisieron ver
desde los espejos cóncavos
de su mirada angosta y tenebrosa.

Eran clamor tus fingidos desvelos,
tus falsas lágrimas, tu parodia de amor.
No te arrullé, ni intenté consolarte.
¿Lo merecías? ¿Vana mi esperanza? Quizás...

-¡Ciego! (¿Ciego?). No.

Porque el tiempo no nos dejó ser
se fundieron el Ser y la Nada.
Y aquí yacemos, amiga mía,
redondos como el 0 y la O,
aros, aras: juntos en el recuerdo
para siempre, desgranando
los imposibles posibles. Quimeras.

¿Se detuvo el tiempo, nuestro tiempo?

-¿O...?

Antiquísima
la madre noche
se pobló de Agua
   y Semen
Hijos del dios Misterio.

(Escrito en el atardecer,
mediodía, grito y agua,
camino
   sobre el mar
hacia la continua Alba).

Nos alzamos
   cósmicos
sobre las rocas
   compactas
sonidos en leve mueca
ansiosos de pleamar.

En místico bajel
   lento y bello
te manifiestas
   hacia mí
en sencilla imagen.

Esculpir tu piedra
alma del viento
oquedades del mar
   sin tocarte, insensiblemente,

cuan nuestro silencio
que el tiempo sella.
Como en el declinar de cada día
la hora esconde en nuestro olvido
tu paso, Mujer, tu rostro, la maravilla.

Poesía es sentimiento
atenazando la garganta
intentado expresarlo sin palabras.
Teñidas imágenes envueltas
de impaciencia, nostalgia
de cuanto pudo ser no fue.
En la espesura de nuestras almas
nos amamos en los otros
queriendo abrasarlo todo.
Y entonces, amiga mía, solos,
en los amaneceres cálidos, tenebrosos,
conjuramos los amores eternos
que debieron haber existido
sin que fuesen realidad.

Por los rincones del mundo
día a día, hora a hora,
no me prometiste olvidarte de ti.
Y así, mueca a mueca,
te convertiste en la sombra de mi espejo.

Tan asombrado de verte en mí,
a sentirte a mano
nos consolamos a dúo durante siglos.

Y ahora
al encontrarme a mí mismo
quisiera revivir mi existencia en la tuya
sin ti
amparándome en la humilde sensación
de que, amiga mía, nacimos
para amarnos eternamente
cada uno en su cénit, sin tocarnos
ni mirarnos a los ojos impuros
de la codicia del otro.

Existencias de un solo encanto.
Porosidades de lo eterno.
¿Eterno?
      Negación.
            Luz.
                  Tinieblas.
                          Inútiles
esfuerzos consagrados al coexistir
de cada día, nostalgias del ayer
y del mañana. Nada.
¿Nada?
      Nadie.
Y aquí estoy junto a ti, lejos de ti,
acariciando los suspiros del viento.

El tedio que me consume es eterno
desde la distancia de cada día.
Días amargos aquí y siempre,
en la penumbra perpetua,
hasta más allá de la plenitud,
imágenes vivas muertas en la agonía,
oscuras luces buscando, sin hallar,
la era que colmara las ansias del nuevo ritmo.
En la nostalgia pedí,
en la inclemencia creí,
en la amargura amé
      sin encontrarte
ni en los instantes culminantes
de nuestra existencia dichosa.
      ¿A qué negarlo?
El tedio que me consume es eterno
desde la distancia de cada día.

Noche. Aullidos inexplicables.
Gritos de angustia surcando el alma.
Letargo convulso en la madrugada insomne
acongojados por el despertar.

Un cantar apagado, sin voz,
asombra los llantos iluminados.
(Y tu mano sobre mi piel, quieta,
redimiéndome de todos los desvelos).

Vuelve
        Vuelve
                Vuelve…

y al regresar de la ensoñación,
el candor, el rubor
                la entrega
                        el placer
                                la paz.
Sosiego, por fin. Plenitud: tú. Solo tú.

Cuando el recuerdo es eterno
se descompone en granos de arena.
Fina. Gruesa. Blanca. Negra.
                    ¿Qué importa?
Volcán y sol,
nos abrasamos en el fuego de la entrega
para succionarnos, egoístas, todo, todo.

Humo. ¿Abrojos deleitaron nuestros días?

Y cuando quisimos darnos cuenta,
nos hallamos, amiga mía, consumidos
cuan carbones, lava de un magma incontenible.
                    Muelles
                        Muebles
                            Labios
                                Todo:
                                    Tiernas
hojas estremecidas por el tronar del tornado.
                        Trópico. ¿Trópico? No quise
ser víctima ingénita de tus sombríos encantos.
Ufano, preferí la soledad a la dicha.

¿Dicha…? Fuera de ti no existe. Palabra.

Estrépito en la noche.
Gorjeos tenebrosos del Ave Fénix
que jamás renacerá de sus cenizas.
Mustia llamarada de la carne
tenue refulgir de la ternura
insistentes rumores, rugidos inmisericordes.
Armonía nunca recobrada
en el transcurso de los días,
premoniciones de una existencia dichosa.
Y nosotros, amiga mía, solos en la cuna,
arrullados por la engañosa voz
de las especies voladoras.

¿Recuerdas? Noches de inquietud y sueños convulsos.
Estertores en las madrugadas insomnes, despertares
indolentes, hastiados de la tenue claridad, luz de vida.
Silbidos de brisas matinales anuncian día de paz.
¿Paz en las tinieblas? Traspasan sus miradas las siluetas
espectrales regodeándose en la frescura de la carne,
manjar de sus cuerpos los nuestros,
sustento del canto general tocando a muerto.

(Y tu mano sobre mi piel, quieta,
redimiéndome de todas las angustias).

-¿Quién es al que cargan a Santa Cruz?
-Mañana será tu turno; te esperan.
-Grito: ¡¡No…!!
-Retoma, retoma, pues, tu Edén, lejos de mí.

Y regresando de la evocación, redoblan las campanas:
Obsesión
Sudor
Dolor
Llanto
Rabia
y angustias perpetuas del tiempo sin sosiego, paz ni amor.

Tranquilo, sereno, revivo el sueño de tus días, amiga mía,
cuando medíamos los consuelos por segundos infinitos,
contando los pasos, implorando se desvanecieran sin detenerse,
unidos nuestros dedos y las almas soldadas en un único anhelo:

Consolarnos en nuestra soledad de amantes extraviados, lejos, lejos, lejos de toda razón y de todas las razones, resistiendo juntos, juntos, siempre juntos en la ingrata Tierra Prometida. Lentos y fríos despertares. Espejismos. Si no estás, no existes.

Formas, formas, formas
transformadas en huracán
antiguas premoniciones anidadas
en la espesura de lo recóndito.

Vientos, vientos, vientos
gritos constreñidos en el horizonte
esplendoroso, gritos agitando la noche.

Reposo inconsciente
de la Naturaleza aturdida,
bríos sin sombra, imágenes
conformadas más allá de la claridad,
tenebrosas luciérnagas.

Y amor.

Amiga mía, despierta ya del sueño
apacible, no es el día anunciado
para proclamar nuestra dicha.

Nos cegaron blasones de purpurina
absortos en los juegos florales. ¿Ingenuos?
No… Desoímos las ásperas voces
revelando los encantos velados
en artificios elocuentes:
ríos sin peces, peces sin ríos,
eterna felicidad en nuestras vidas anodinas
gestos ampulosos, voces engoladas,
contundentes martillos recubiertos en suave terciopelo.
Años. Siglos. ¿Tanto tiempo pasó?
¿Y la dicha suprema? ¿Y el paraíso en la Tierra?
Nubes. Vientos. ¿Ves, amiga mía? Nada.
Abre los ojos. Fíjate bien: se vislumbra la claridad
que anunciará lo visible. Y pisarás la tierra,
y verás revolotear las mariposas.

En ti se esconde la clave de tus sueños.

Les bastó la fácil facundia de lenguaraces
incontinentes, desoyendo sólidas razones
razonables contenidas en tus suaves latidos,
suprema muestra de amor anhelada en las luchas
temerarias, asidas las cinturas en extorsión sublime.

Y contemplamos el amanecer de un universo
poblado de gnomos imberbes, cantando alegres
glorias al sol glorioso que agostaría sus almas,
sus campos expuestos a plagas desoladoras
que devastaron sus cuerpos y nuestra Tierra.

Mientras, tratabas de venderme tu ternura,
y yo te decía que te abrigaras de su sombra.

Vivir del futuro, limo de un limbo nimio,
fruto de la angustia del tiempo inmóvil,
estólidas sombras agotadas en triviales escarceos
destinados a fenecer sin la más tibia misericordia.

No me engañaste. Vi tus fobias de diosa obsesa,
y supe, amiga mía, que no éramos sino los goznes
perversos que atan sus almas pérfidas al porvenir,
siniestros horizontes conformados de palabras. Solo.

Siento calor en tus fríos brazos.
Imposible alegoría condenada desde el albor,
mística corrosiva de la existencia:

                    (Extenuados por las palabras
                    aniquilados por la oscuridad
                    corroídos por nuestra propia insensatez
                    nos consumimos en la nostalgia del tiempo.

                    E indecorosos con la inmundicia
                    gritamos, amiga mía, solos,
                    tránsfugas de la eternidad
                    ateridos en el promontorio helado
                    que imaginamos el Monte Sagrado).

Y aquí, cuando escribo, marchita el alma,
descubriéndote en la ensoñación
siento el frío del calor de tus días
y s
    e
      m
        e
          h
            i
              e
                l
                  a
                    e
                      l
                        c
                          o r a z ó n

desde el ecuador de tu cálido aliento.
(Inmarcesible litigio entre tu mar y el viento).
Sí, siempre sentiré el calor de tus fríos brazos.

Yo no quiero ser poeta
para cantar a África.
Yo no quiero ser poeta
para glosar lo negro.
Yo no quiero ser poeta así.

El poeta no es cantor de bellezas.
El poeta no luce la brillante piel negra.
El poeta, este poeta no tiene voz
para andares ondulantes de hermosas damas
de pelos rizados y caderas redondas.

El poeta llora su tierra
inmensa y pequeña
dura y frágil
luminosa y oscura
rica y pobre.

Este poeta tiene su mano atada
a las cadenas que atan a su gente.
Este poeta no siente nostalgia
de glorias pasadas.
Yo no canto al sexo exultante
que huele a jardín de rosas.
Yo no adoro labios gruesos
que saben a mango fresco.

Yo pienso en la mujer encorvada
bajo su cesto cargado de leña

con un niño chupando la teta vacía.
Yo describo la triste historia
de un mundo poblado de blancos
negros
rojos y
amarillos

que saltan de charca en charca
sin hablarse ni mirarse.

El poeta llora a los muertos
que matan manos negras
en nombre de la Negritud.
Yo canto con mi pueblo
una vida pasada bajo el cacaotero
para que ellos merienden cho-co-la-te.

Si su pueblo está triste,
el poeta está triste.
Yo no soy poeta por voluntad divina.
El poeta es poeta por voluntad humana.
Yo no quiero la poesía
que solo deleita los oídos de los poetas.
Yo no quiero la poesía
que se lee en noches de vino tinto
y mujeres embelesadas.

Poesía, sí.
Poetas, sí.

Pero que sepan lo que es el hombre
y por qué sufre el hombre
y por qué gime el hombre.

Hoy le dije que no me gusta el mar.
Siento el desconsuelo,
siento la inquietud,
ahora siento la decepción,
ahora siento ahora la nostalgia,
ahora siento cuanto puedo sentir

en este momento concreto

viendo la luz demacrada que se aferra a mi alma
la herrumbre de siglos desenfrenados
cayendo gota a gota como migajas de la historia
al ritmo de las olas que chocan contra el vacío
ardiente de una infinidad de recuerdos

en este momento concreto

viendo la barca divisada en el claroscuro
que las aguas reflejan en la luna
esculpiendo las alegrías y las tristezas
de una vida que es la contravida
soledad derrochada en tantos sueños sin sueños

en este momento concreto

viendo mis pupilas cerrándose para siempre
en las llamas del futuro,
eterna amenaza de una especie sin retorno,
rodeado de latidos de la naturaleza insomne

que preserva, sin embargo, toda la gloria del ancestro
en este momento concreto
te veo a ti. Sangre de mi sangre, coagulada
en el útero despiadado de la antigua lujuria.
Nunca exististe, ser mío, ser eterno que perdura
en el éxtasis de los futuros espasmos
pasados por el tamiz de una noche inexistente.

En este momento concreto

sí, sí puedo decir que me gusta el mar.

¿Cuántos poemas han escrito al mar?
¿Cuántos al amor, a tus ojos, a tus labios, a ti?
Yo no quiero escribir hoy sobre nada.
Solo acariciar tu recuerdo.

II. Despertar

Pudo ser voz pero es silencio hundido
Manuel Altolaguirre

A tío Patricio. *In memoriam.*

Extremidades
Dedos
   Pies
   Piernas
      Muslos
        Nalgas.
Tronco
  Caderas
  Abdomen
   Vientre
    Costillas
    Brazos
    Manos
      Dedos.
Cabeza
  Cuello
   Boca
    Dientes
    Ojos
     Nariz
      Cara
       Pelo.
Y todo lo demás:
Un hombre
  Con pene
   Con uñas
    Un corazón
Y todo lo demás…

Un tiro certero…
Ya nada.
     Nada más
         Que un cadáver.
              Muerto. Tierra.
Tierra tierna y gusanos.
Fue un hombre…

En la distancia de cada hora
tu sangre palpita en mis venas
a ritmos decadentes,
oscuridad manifiesta contra la vida
soñada en la plenitud de tu goce.
Antaño,
asomado a la ventana,
creía ver tu luz, tu exultante
naturaleza inconforme, incólume
ante la anhelada liberación.
Ahora,
asomado a la ventana,
contemplo tu lento marchitar,
convertido en la sombra del sueño
alegre de tu propia ilusión.
Mar
      tierra
            aires
                  misteriosos
de la amada, cuyo rostro
se oculta tras los olvidos
de una pasión inalcanzada,
gravidez mortecina,
preludio de la inevitable
descomposición venidera.

Y el tiempo es inocente.

La sequía galopante permitirá a los mansos poseer la Tierra. Antigua promesa fenecida en los Tiempos de la Prosperidad pretérita.

¿Recuerdas?

Te pregunté, y no contestabas.

Mañana. Nerviosa. Espera. Esperanza.

Consumido en tu Fe, me alejaste del Viento.

      (¿Qué viento, dices? Ansiedad.

El huracán de nuevo asoma su faz. Lo ves?)

Esperando con Fe la Caridad, siempre, Amor.

Y aquí estoy, amiga mía, huido

desnudo de todo ensueño,

solo con tu imagen en mi recuerdo.

      (Pedí,

               busqué,

                         llamé

sin cumplirse en mí la sagrada promesa).

Mañana. Hoy no puedo. Espera. Esperanza.

Y Caridad, siempre unida al credo y la ilusión.

¿Hasta cuándo…?

Eternamente…

               hacia el i

                    n

                      f

                    i

                      n

                        i

                        t

                          o

… hasta setenta veces siete.

Días de sueño, sueños, ensueños
                    impotente incontinencia
confundidos en una sola sensación: Desolación.
                    Paz. (¿Después, Gloria?) Nada.
Girando tus ojos hacia el Cielo, se acercó la nueva realidad:
hórridas gallináceas picoteando el cieno,
incólumes ante la muda mueca del hombre que dejó de ser.
                    Miraron tus ojos las flores,
lirios y rosas marchitos en la hondura de tu desaliento,
                    búcaro estéril
                            sin esencias
                                    ni presencias
                                            ni olores.
Vieron tus ojos tan bellos colores
portentos y maravillas tan excelsos
que nunca más añorarán tus dones engañosos
                    marchitos en su germen.

Encuentro cada día tu dulce mirada en mis ojos
indagando las oquedades del alma: nostalgia
de un tiempo en que tu ser era mi ser,
y solías contemplarme complaciente
el fondo de tus pupilas sonriente en la dulce entrega.
No. No fue lo que pretendí al pedirte
que dejáramos de mirarnos el uno en el otro,
sacrificio máximo que hubimos de realizar
al pasar incólumes la prueba del amor supremo.

Mas es tarde, amiga mía,
para retomar tu rostro en mi rostro,
mi inocencia en tu inocencia,
y revivir la vida futura
que se nos fue, definitivamente,
con el vaivén de los recuerdos angustiosos
de nuestro primer y único encuentro.

Bajo las nubes encrespadas contemplé,
sereno, la belleza de tu rostro ardoroso
desde el candor de la hierba yerta.

Escondidos tras fugaces sombras
de nuestro ayer inconcluso
supimos sustraernos a sus flujos y reflujos
absortos en el silencio apacible
de nuestro hedonismo impotente.

Largo fue el camino recorrido
desde el asomo de tu mirada
hasta la consumación de la vida,
de esta vida estática que preferimos
a los ajetreos deliciosos
de un tiempo en constante mutación.

A solas,
recogidos los cuerpos en nuestras almas,
abrazados a la fija idea de sobrevivir,
dejamos pasar las horas que llamaban
de continuo a nuestra razón,
espectros pavorosos del último goce,
confluencia de veredas invisibles.

Y aquí,
mientras se oye nuestra canción,
se me presenta tu figura prodigiosa,
arrinconados los odios que desfiguraron

tu semblante. Reconciliados con la espesura,
aniquilados los rumores. Paz.

Ven, amiga mía,
ocupa el sitio en tu rincón
que jamás abandonaste mientras latiera
un átomo de vida en el corazón de los hombres.

Tú eras tú, decían.
Yo soy yo, sabían.
I
n
o
l
v
i
d
a
b
l
e ideal, irreductible hacia la nada.
El cero infinito: el perfecto círculo.

Rueda rodando la redonda rueda.
Hacia la nada. O hacia el todo.

Plenitud: el Cero.

Tranquilo, sereno, revivo el sueño
de tus días, cuando los consuelos
se medían por tiempos infinitos
unidos nuestros dedos y las almas
soldadas, amiga mía, en un único
anhelo: consolarnos en la soledad
como amantes extraviados, lejos,
lejos de toda razón y de todas las razones,
juntos en esta ingrata tierra prometida,
yerma, agotadas su leche, su miel.

Nada es nada, no existe la nada.
Cero es cero, pues el cero es negación.
¿Nada existe?
¿Existes tú?
¿Cero es cero?
Tabla rasa. Nada es cero. Nadie es nada. Cero. Sí.

Eran los nuestros
suspiros encadenados
en la melancolía,
brisas como brumas
surcando la hondonada.

      (Misterios de la Tierra,
      de esta Tierra estática,
      poesía impropia y perecedera,
      rebullir continuo del alma).

No sé. La vida se apaga
como el tornado
que desencadenó las angustias pasadas.
Y en el amanecer, amainados,
contemplamos, amiga mía, incólumes,
que continuamos deshojando la margarita
de nuestros deseos atolondrados,
niños recién despiertos a la vida.
      Vida…

La tierna luz del alba se desliza
por las siluetas diluidas en la noche.
Los ojos sonrojados, vigilia continua,
se cierran, ahítos, impotentes, ansiando
tornarse luciérnagas y quizás alumbrar
la conciencia atormentada. Cabeceando
contra la mesa, mustio, incapaz de sostenerla
sobre hombros tan escuálidos, huesudos
sin remedio tras perenne ansiedad de siglos.

Primitivos paseantes caminan presurosos
hacia los campos hirsutos del alma
torpe peregrinar en busca perpetua
de la luz, inciertas señas de sendas
hacia el conjuro de la maldición eterna.

Y los márgenes estrechos:
                    tu voz en mi oreja
                    musitando palabras inconexas
                    que me esfuerzo en recrear
                    como ardientes suspiros.
Gritos rebeldes de la aflicción,
aullidos ahogados por la esperanza,
estertores del último aliento entre tus labios.

Y entonces anunciaste exultante mi liberación:
este mundo impropio presto a estallar, roto
por su maldad, rendido bajo el peso del desamor.

Y cuando levitabas, por fin, amiga mía,
desde la estrechez de la inmóvil Tierra Prometida,
así tus manos temblorosas y palpé su sedante tersura
para ascender, juntos, hacia el Cosmos, la gloria
futura. Y, recelosa, decías: ¿Gloria?

Nunca sabré si alcanzamos la gloria,
obsesionados por descubrir la felicidad
en los lazos incandescentes del egoísmo
que disfrazamos de amor, razón, pasión, sordos
a los conjuros de los hados misteriosos.

Abrupto se destapa el marbete y cae la cábala
ante nuestros ojos extasiados: Rodaremos poro a poro,
metro a metro, beso a beso hasta el hueco defnitivo
donde yacimos desde siempre, engañados, despiertos,
ateridos, contemplando impávidos nuestro balanceo
sobre el insondable abismo: irredentas estatuas de sal.

Por los rincones del mundo
día a día, hora a hora,
no me permitiste olvidarme de ti.
Y así, mueca a mueca,
te convertiste en la sombra de mi espejo.
Tan acostumbrado a verte en mí,
a sentirte a mano,
nos consolamos a dúo durante siglos.
                    Y ahora,
al encontrarme en mí mismo,
quisiera revivir mi existencia
                    en la tuya
                    sin tu amparo,
con la humilde sensación de que, amiga mía,
nacimos para amarnos eternamente
                    cada cual en su cénit
sin tocarnos ni mirarnos a los ojos impuros
de la codicia del alma del otro.

Los amores mortecinos se agazapan
en el contorno, ansiosos de emerger del infinito
-o de la nada-
como viejos rencores reencontrados
-fatalidad-
propiciando el momento de realzarse
-sin remedio-
conjurados en la cúspide de la nostalgia
-premonición-
de un ayer indefinido que debió perpetuarse
-huido, sin embargo-
hacia la condenación eterna.
Consumiré la vigilia indagando
-misterios de lo acontecido-
                recuerdos
                      olvidos
                            reencuentro
permanente del tiempo ido retomado cada instante.

En la tradición de los días
se esconde el olvido del tiempo.
Marchitarse es el existir cotidiano,
limo de una tierra sin formas.

Acurrucados tras nuestra huida
por los mares y las estepas,
ennegrecidos por la renegrida atmósfera,
tiesos ante la eternidad,
decidimos, amiga mía, gritar, gritar,
para proclamar la existencia de la vida.

Me dejaste tu perfume
y te perdiste en la niebla
envuelta en tu cuerpo
cuan dama enroscada por la seda.
Y al evocar tus gemidos
me hierve la sangre de pasión.
A pesar de tu fragilidad
apretarte en mi pecho hasta el éxtasis
prevenir,
anticiparme a tus anhelos
para tu completa felicidad fue mi empeño.
Feliz. Nada más que feliz. Solo feliz.
Extasiarme ante tu semblante iluminado
reflejarme en tu mirada sin luz
bastaría si no existiera el pasado.
                        Pero existe: Tú
                                  los tuyos
                                          los ellos
                                              todo.

Imposible asir cada instante
Retener tus gestos copiosos, tu ritmo, tus vibraciones
                      Tu gracia
                              movimientos
                                        ternura
                                            mesura
                                              todo.

No me cansé de mirarte
Tu sonrisa confiada, candorosa, diáfana, amorosa
asoma a ratos en el torbellino confuso del despertar final

tiñendo de inocencia bárbaros odios enconados, enquistados en la profundidad de nuestro ser cuan hierbas punzantes, bichos venenosos que aniquilaron nuestro ardiente deseo.

Sí. Pretendo ser ¿o no ser? fundido en tu dicha
arroparme por siempre en los serenos suspiros
de tu alma frágil. Dudo. Vida mía, deseada en la distancia
consuelo en la ilusión, bálsamo del recuerdo. Dudo…

Desde el candor de la mullida hierba yerta,
bajo atronadores cielos encapotados, contemplé,
sereno, la belleza engañosa de tu rostro adorado.
Resguardados tras las tenebrosas sombras
de nuestro ayer inconcluso, supimos sustraernos
a su flujo apasionado, contemplándonos en el silencio
apacible de nuestro hedonismo impotente. Largo
fue el camino recorrido desde el asomo de tu mirada
hasta la consunción de la vida, de esta vida estática,
frágil, que preferimos a los ajetreos deliciosos
de aquel tiempo en constante mutación. Opacidad
galopante que oscureció los horizontes amorosos
agostando en flor cuanta nobleza anidaba en nosotros.
A solas,
recogidas las almas en nuestros cuerpos, abrazados
a la fija idea de sobrevivir, dejamos pasar las horas
que llamaban de continuo a nuestra razón, espectros
pavorosos del último goce, rescoldos prehistóricos
de pasiones ancestrales, confluencia de veredas invisibles.
Y aquí,
mientras suena nuestra canción, se me presenta tu fgura
prodigiosa, arrinconados los odios que desfiguraron
tu semblante. Reconciliados con la espesura
aniquilados los rumores, arrumbados los temores,

                                            ven, amiga mía,
ocupa tu lugar en tu rincón, jamás abandonado ni vacío
mientras latiera un hálito de vida en el corazón del hombre.

-Ven
No vengo
-Quiéreme
No te quiero
-Te amaré
No te amo

Suspiros. Congoja. Llanto.

Espejismos de un tiempo abrasador.
Palabras. Pugnas. Silencios
vacíos cuya esencia desconociste
mientras intentamos sobrevolar
serenos aquel paraje desolador, vivir
el infierno que creímos el Limbo de los Justos.
Era nuestra meta lograr la revelación del misterio
y alcanzamos la faz oscura de la luna:

        Amor = Crueldad
        Pasión es Desconsuelo
        Muerte, única Liberación.

Y los días se sucedían monótonos,
los idos a los venideros, contando tras el cristal
dedo a dedo en tus manos temblorosas
las gotas de fina lluvia que golpeaban la calzada.
No. No poseías mi espíritu,
alejado de tus anhelos, de tu cuerpo
que no era mi cuerpo, de tu sangre
derramada sin sentido, angustias fundidas

para siempre en un todo, sólida roca
de un desencanto abocado en la infelicidad.
Sí. Imposible resistir aquel tiempo y todos los tiempos.

Con la mano extendida
s
 u
  p
   l
    i
     cando m
          i
            s
               ericordia miseria eterna
del alma acostumbrada a comer sin plantar
                            sin segar
                                  sin
deslomarse sobre la tierra fértil
abanicados los sudores por las tórridas sombras.
Y extenuados desde el alba
contemplamos los días y las noches
                         sucesivos
de un mundo incomprensible
                        prisioneros
en la abundancia vendimos nuestros dones,
amiga mía, y sonreíamos inefables, arcángeles dichosos,
sobre un erial poblado de cadáveres mudos.
                         M
                         u
                         d
                         o
                         s
                         .

No sabía si reencontrarme contigo
como susurraba en el alma un grito de esperanza.
Me acercaba a ti, poco a poco, desconfiado
por tu historia tenebrosa, murmurada
oído a oído desde los albores de tu niñez.
Y los murmullos decían: no es digna
de un amor tan inmenso como el tuyo,
limpio, libre de toda preocupación egotista.
Mas tú concitabas la atracción pecaminosa,
el prístino manto cubriendo tus llagas purulentas,
desvaríos del alma
                    espejuelos atrayentes
                                brillantes abalorios
incógnita irresuelta hasta el adiós.

Y vagué por Océanos y Cielos,
Mares, Vientos y Tempestades hasta acercarme
a ti, a pesar de la premonición.

Y cuando quise asirte, culminando la entrega,
vi tu rostro, faz de muerte, olí tu aliento, putrefacto,
y huí de toda concupiscencia engañosa
arrepentido por no atender los consejos sensatos
de los oráculos que anunciaron la infelicidad.

Y ahora, con los recuerdos vacilantes de la vejez,
solo, remiro en mi memoria las angustias pasadas
para proclamar, amiga mía, aunque reviva de nuevo,
jamás volveré a ti, a tus encantos ponzoñosos,

pese al amor eterno que el tiempo hizo imposible.

Pero…, ¿acaso fue el tiempo?

Mirando alguna vez por la ventana
vi la Sombra del Tiempo
planear bajo las nubes del cielo.
Y al volver la vista hacia ti,
supe que el Amor, amiga mía,
se marchitaba entre nosotros
aunque lucháramos por mantener
inmarcesibles y nítidas las sombras en la luz.
Lo imposible es absurdo sueño,
el fuego quema el rocío.
Con palabras inconexas expresabas
nuestros sentimientos derruidos
en el esplendor de los días angostos,
minúsculas artimañas
destinadas a contener lo incontenible.
El eje de nuestras vidas
amenazaba con caer sobre nosotros,
sepultándonos bajo la incontenible pujanza
de sus odios y de sus rencores:
última vanidad consagrada al atributo del cambio de ritmo.
Los gemidos ya no eran tiernos
sino estertores de la agonía,
prolongada hasta lo eterno
por el egoísmo de un amor totalizador,
impelido por el signo de los tiempos
a una existencia efímera y frágil.

¿Adiós?

Son nuestros cuerpos frías cavernas oscurecidas.
Promontorios de la maldad de la tierra amarga,
luz oscura, segmentos de vanas ilusiones
que, al fnal, convertirán nuestros fracasos en su fracaso,
la angustia de Saturno devorando a sus hijos inocentes.

Sí: fuimos inocentes.

Quizás, algún día, lo sepa todo, casi.
Y te lo diré, amiga mía, en un solo susurro,
para que recuerdes cuánto te quise.
S
 i
  n

   p
  a
   l
    a
     b
      r
       a
        s
         .

Cuando resuene el cataclismo
en el ocaso del Cielo, el Tiempo
decantará la espada implacable
de la Historia del lado de los Justos.
Y aquí estaremos, amiga mía,
firmes y fríos cuan sus manos ingratas,
escuchando la sentencia de su condenación
y gritar, gritar, gritar, gritar, gritar, gritar …
hasta que las palabras recobren su sentido:
Pues amar no era amar,

      como reír no era reír,

      y cuando oigamos

¡Libertad!

      sabremos que nacimos en esta tierra
para ser Libres, Libres, Libres, Libres, Libres,

      Libres, Libres, Libres, Libres, Libres,

            Libres, Libres, Libres, Libres,

            Libres,

               Libres.

Quién pudiera olvidar el encanto
de un trino dulce en la madrugada.
Quién pudiera olvidar el esplendor
de la luna brillando en el cielo oscuro.

Quién pudiera olvidar.

… y cae la tarde bruscamente.